발끝에 돋는 나비의 꿈

시산맥 감성기획시선 039

발끝에 돋는 나비의 꿈

시산맥 감성기획시선 039

초판 1쇄 발행 | 2019년 12월 10일

지 은 이 | 양동률
펴 낸 이 | 문정영
펴 낸 곳 | 시산맥사
편집주간 | 이성렬
편집위원 | 강경희 안차애 오현정 정재분
등록번호 | 제300-2013-12호
등록일자 | 2009년 4월 15일
주   소 | 03131 서울특별시 종로구 율곡로 6길 36,
            월드오피스텔 1102호
전   화 | 02-764-8722, 010-8894-8722
전자우편 | poemmtss@hanmail.net
시산맥카페 | http://cafe.daum.net/poemmtss

ISBN 979-11-6243-096-5 03810

값 9,000원

발끝에 돋는 나비의 꿈

양동률 시집

* 본문 페이지에서 한 연이 첫 번째 행에서 시작될 때에는 〈 표기를 합니다.

조금 열려 있는 틈으로

시간이 자주 범람했다

문 밖에 서 있는 또 다른 나

표류하는 미궁에서

박재된 기억들을 더듬었다

나열되는 고백으로부터

이제 어떤 우연도

침묵의 극점에 닿아

꽃의 기원을 이룰 것이다

2019년 늦가을

양동률

■ 차 례

1부

2부

3부

4부

1부

수선화 구근

서녘의 은신처가 드러나네요
아도처럼 생긴 구멍 뚫린 화분이
365일을 하루같이 동거하자고 했어요
자꾸 부재 처리되던 밤낮이 바뀌고
물의 집을 떠난 수선화 향기가
천천히 흘러내리는 허공입니다
나는 머리끝까지 둥글게 숨이 차오르고
예측할 수 없는 슬픔이 제방처럼 쌓여
그리움은 발끝에 묶인 채 자라요
수직으로 내려앉은 차가운 기류가
무지개 기층 사이로 저녁을 밀어내고
입안 깊숙하게 꽃향이 고여요
낯선 당신을 견디며 환한 꿈을 말아둬요
메마른 땅에서 살아남기 위해
스스로의 그림자를 뱉어내는 어둠을 보세요
부유하는 빛을 끊임없이 퍼 담아요
척박한 곳에 자란, 뿌리 깊은 당신
지나간 유혹을 되돌리고 싶어요

공중을 뜨개질하는 거미

발끝 따라 풀꽃이 피는 순간을 마주한다
가을이 슬어놓은 그늘을 쳐다보며 가지와 가지
사이에 분주하게 줄을 뽑아내는 거미
공중을 뜨개질하고 있다
그네를 타듯 휘청거린다
실낱같은 꿈을 풀어 허공을 꿰매는 열망, 햇살
조차 걸려들도록 한 땀 한 땀 엮어간다
성긴 그늘을 쓸어 모아 오롯이 피어나는 꽃자리
굴절된 시간이 먼 곳까지 펼쳐진다
거푸집을 짓는 목수처럼 흔들리는 일상을 고정
하며 순간을 미분하는 거미집
더듬이도 없는 집요가 시간을 멈추게 한다
아직도 그는 미로 같은 골목을 걷는 중이다

이주 노동자

바람 불어오던 날
바다를 건넜어요
어둠을 털어내며 염전 증발지에
물을 대는 사람들, 눌어붙은 슬픔이 있어요
짜디짠 물기가 기화하는 태평염전[*]
고적한 달의 뒷면을 따라가면
검게 타들어 가는 뻘밭에
반짝이는 꽃이 토판염으로 피고 있어요
바다를 닮은 이주 노동자들
수평으로 교차하는 구획마다
뭉쳐 있는 외로움을 내뱉기도 해요
기약 없는 지상에 빗장을 풀어놓고
화사한 생의 출구, 떠나고 찾아오는 곳
알알의 결정체를 끌개로 채염하고 있네요
외로운 기억을 일탈하고픈 고단한 삶
해풍에 새벽을 열어가며
부유하는 꿈의 뿌리를 캐고 있어요

*신안군 증도면 증동리 국내 최대 염전

자귀나무 꽃

땅에 귀를 세운 가지에서 부챗살 같은 꽃부리
가 돋아나고 있어요

공중을 빗질하듯 퍼지는 햇살이 붉은 꽃숭어리
로 맺혀
층층 무동 태운 그늘은 분주해요

고요할수록 명징해지는 꽃의 심장 소리
타오르는 폭염 속에서 가깝게 들려요

묵묵히 숨 고르는 분홍 꽃잎은 시린 가슴으로
칸칸이 창을 낸 은유
하늘을 날고 있는 공작새 깃처럼 바람의 무늬
가 출렁거려요

타인을 수소문하는 저 생명의 모의
울음의 출구인 계절을 앞세우고 휘어진 가지에
꽃부리가 앙증맞게 있어요

유실된 기억이 머무는 생의 경건
그 입구에 닿아 당신 환히 피어볼래요

아귀가 식탁에 꼿꼿이 서 있다

화폭처럼 펼쳐지는 골목길
설죽로 명가 음식점

마주보며 앉은 식탁에 오색 찜이 놓여 있다

고춧가루 알싸하게 콩나물과 엉키고
찜 명가를 아귀가 오롯하게 지키고 있다
섞어지고 버무려져 꽃 피우는 아귀 살

미더덕이 가세한 내면의 향기
술병이 연거푸 기울어져 갈수록
입도 커지는지 목소리 높여가는 얼굴들
아귀가 입을 벌려 사람을 먹는다
서로가 좋다는 반어적 역설들이 왁자지껄
버물려 드러난 흰 속살을 씹는다
매콤하고 얼큰하게 혀끝에 감기는 찜맛이
온종일 식탁 위를 달군다

갈 곳을 붙잡은 갈림길의 시간에도
쏟아낸 빈 술병처럼 둘러앉은 사람들이
취중 언어를 뱉어 내고 있는 아귀 식탁

들녘 경전

각자의 온도와 색깔이 있지요

네모난 사무실은 뾰족뾰족 고슴도치가 자라고
철새의 등에 업힌 꽃도 피어나요
바람이 야구장의 길이를 가늠하듯
시원하게 홈런을 날리고
모나리자 그림은
바라볼수록 빨려드는 사각이에요

기차는 다랭이 논처럼 펼쳐 놓은
수채화 속을 잘도 달리네요
직선과 곡선이 합쳐지는 구간
홀로 선 전봇대에 떨어지는 침묵을
전선이 꽉 붙들고 있네요

기차에 오른 나는
흔들거리는 눈물 사이로 들녘 경전을 읽어요
바람이 들고나는 늑골 빈 틈새로
경계의 정점에 홀로 서 있는 전봇대

핸드폰 소리에 침묵이 소스라쳐요

사방이 숫대인 세상 밖이네요

파도에 섬이 자란다

바다를 건너는 까닭은 무엇인가 물결 가득히 밀려왔다 밀려가는 가우도 바다를 가로지른 서로를 붙잡고 있는 다리 위를 걷다 보면 바다가 섬의 주인임을 알 수 있다

개불과 갑오징어 한 접시 놓고 목구멍으로 넘기는 소주잔에 감전이라도 된 듯 누구나 섬이 되어 외로움을 탄다 갯바위에 앉아 파도를 바라보다 물결 위를 날고 있는 새처럼 날아본다

가우도는 시작과 끝을 붙들고 있지만 출렁이는 파도는 붙잡을 수 없다 바람이 날개를 펼치고 지나가는 바다 멀리 뒤척이는 부표의 뒷모습이 떠올랐다 파도가 섬을 배태한 것일까

꼬리를 버린 그림자가 불룩하다

서로를 꽉 붙들고 있는 곳, 파도 속 섬의 뿌리가 깊다

엎드린 생

질척한 갯벌에 떠도는 그리움이 있다

와온 간이 나루터에 손발도 없이 울음을 받아
먹는 뻘배가 누워 있다
마르고 흰 알몸을 들여다보면 갯벌이 할퀴고
간 흔적들로
꽉 다문 입술이 완고하다

밀물과 썰물에 떠밀려 할 말을 잃은 언어들이
갯벌의 생으로 말뚝을 박는 것은 일상의 흔적
이다

울어본 기억마저 멀어진 짜디짠 바닷물 따라
괄호로 남겨두는 소식들

평생 엎드려 온 질퍽거리는 검은 갯가
해풍의 기억을 더듬는 나루터 토방에서
하나둘 잊힌 사람을 호명한다

갯물이 해수면을 읽느라 부산하다

빈방은 바람의 늪이다

바람이 주인이 된 집
늘 푸르게 자라던 둥지 앞에 서서 녹슨 대문을
젖히고 들어선다

뜰 앞에 꽃은 피었다 졌나
문고리 풀린 안채 출입문이 삐걱거리고 부나비
집처럼 뻥 뚫린 흔적
기웃거리듯 바람이 지나고 있다

두터운 침묵이 쌓인 문턱을 넘어 방으로 들어서면
군더더기 없던 따스한 일상이 그곳에 있다
벽에 걸린 낡은 사진, 누렇게 퇴색하여 가는데
다가오는 미소가 무척이나 낯익다

언젠가 떠나야 하는 부나비의 집, 빈방은 바람의
늪이다
문지방 넘는 문고리 소리

인기척도 없는 눈부신 외출에
못다 한 이야기 독백이 되어 머문다

눈 오는 날

순백의 대지를 껴안는다
솜이불처럼 두텁게 쌓이는 눈
금당산 아래 경사진 길
지루하게 퍼부어대던 눈발이 그치고
눈에 찍힌 자동차 바퀴가 속력을 가늠하는 중
이다

카페에 앉아 연신 시계를 바라보며
그리움 하나로 그녀를 기다린다
창밖에는 껍질만 남은 하얀 그림자뿐
눈송이가 할로겐 가로등 위에 쌓인다

흰 도화지에 따스한 입김이 덧칠해진다
신기루처럼 꽃이 피는 순간이다
고독의 거처를 찾아 눈송이는 나풀나풀
제 무게로 새겨놓은 발자국들 지워간다

한동안 먹먹하게
사라지는 것들이 오래 그리워지는 밤이다

수묵화 관절

사용설명서 없는 관절이 불쑥 솟았다

생략된 말들은 언제나 거실에서 시작된다
어머니가 '아들아' 부르는 모습은
기울어져 가는 토담집을 바라보는 것과 같이
화판으로 옮겨지는 수묵화 한 점

어둠에 묻혀버린 겨울, 재석산 아래 잔망스러운
흔적들, 솟을대문 현부자 집과 목화꽃 같은 소
화의 집, 부용교와 자애병원과, 하대치와 김범우,
그리고 호산댁과 외서 댁이 태백산맥 줄기 얼룩진
오금재를 넘던 조계산도 모두 시리다 그림 속의
오솔길을 따라 걷는 산사 길도 호젓하고, 주머니
속에서 온몸으로 부딪치며 와그작대는 호두알 소
리와 지리산 풍경들도 시리다 홍교가 마음 끝에
서 아프게 솟구치고 있다

단단한 내면이 모여 다리가 되듯
하늘에 걸려 있는 저 풍경 속의 홍교
고적한 가슴팍으로 스며드는 프리즘 같은 관절이다

몸으로 쓰는 혈서

광주시청 앞 광장 내방로 오른쪽 길
한 소녀가 왼손을 가슴에 얹고
맨발로 걸어가고 있습니다

한 생각이 나를 끌고 갑니다

현해탄 건너 시퍼런 통증을
온몸으로 간직하고 평생을 살아온 할머니
우린 위안부 할머니라 부릅니다

장미꽃 먹는 채식 동물처럼
눈가에 햇살 조각을 그렁그렁 모아가며
할머니의 옛 그림자를 더듬어 봅니다

가시는 장미에게만 있는 것이 아니었습니다
소녀와 할머니의 꿈이 만나는
그곳에 장미는 피었습니다

온몸으로 혈서를 쓰며 나를 찔렀습니다

노랑나비 떼

방파제 난간에 매달린 수만 개의 리본을 바라
보며 팽목항을 죄인처럼 걷는다 등 뒤로 흐느끼
는 울음소리에 갈매기는 먼 세월 역류를 거스르
듯 낮게 날고 있다 서로 가둔 적 없는 섬과 섬 사
이, 아직 눈감지 못한 영혼 앞에 아스라이 길은
멀어 이 낯선 평화를 가슴으로 받아 든다 책임을
지는 자는 다 어디로 가고 얼룩만 남았는가 마음
의 빗금에도 삶의 끈은 튼튼한데 타다만 가슴 언
저리에 응어리로 남은 세월 차라리 고요해서 슬펐
다, 고 말하는 그날부터 비탄 속 경건한 침묵까지
산목숨을 안으로 다스렸다 바다에 길들여진 사람
과 바다를 읽어내는 사람들 미완의 슬픈 귀환마
저 한 품으로 끌어안는 풍월 마당의 진도여 굽이
굽이 고된 삶도 진도 아리랑에 무동 태운 씨받이
영토가 아닌가 시간 밖 허공까지 생의 불티 털어
내듯 노랑나비 떼가 명량해협을 건너고 있다

매듭 푸는 씻김굿

기울어진 뱃머리는 엉클어진 실마리를 꽉 물고
있다 사납던 맹골의 침묵은 길고 내려앉은 하늘
이 바람에 휘어진다 생의 외길에서 오랜 몸살을
앓는 발원의 물목이 있다 안개 속에 묻힌 모 닳
은 시간들이 길이 다한 망망대해로 빠져나갔다
묵은 상처와 마음의 그늘마저도 짜디짠 온갖 잡
념 같아 꼬투리로 남은 상흔은 맨살을 훑어낸 생
채기뿐이다 생의 벼랑 견디듯이 들끓는 아수라에
세월을 묻어 놓고 겹쳐오는 허기에도 씻김굿은 계
속됐다 계절풍 같은 숨결이 해무 속으로 사라지
고 영혼의 불꽃처럼 발자취가 흩어졌다 꽃망울
통증을 털어내듯 안으로 지른 빗장이 풀어지고
있다

화순 고인돌
-아득한 시간

만년지기 화순 고인돌
달아실과 모산마을을 양손으로 잡고 가다가
보성 재를 넘는 산기슭
원두막과 움막집을 지나 양지바른 구릉지대에는
여러 형상으로 크고 작은 돌들이
직립으로 서 있거나 누워 있다

세기를 건너온 한때의 기억을 담고
언덕을 넘고 있는 하루
생의 갈피마다 무수한 통점을 누른 화순 고인돌
가늠할 수 없는 지상의 아득한 시간과 마주 서면
수천 년의 주술이 흩어졌다, 다시 모이는 붉은
마음

돌과 돌 사이 읽히지 않는
무거운 심장의 기억을 들쳐본다

어디서나 단단하게 자라고 있는 서사의 슬픔은
자전을 하고,

검붉은 빛깔마저 바람에 흩날린다
시월의 햇살이 파고들어오는
한 시대의 분해되지 않는 쓸쓸함인가
선사의 등거리 옹기종기 모여 있는 고인돌

저 세상에서 이 세상으로 건너온 자리, 눈시울은
붉다

건강검진

몸 안에서 소리가 들려요

허술한 틈 비집고 자라나는 내 안에 너를 가만히 바라보면 이탈해 본 적 없는 내면의 삐걱거림이 보여요

무모함이 몸 안에 그어 놓은 행선지 따라 실타래처럼 꼬인 생각들이 기도하는 습관을 만들어요 방류된 시간을 거슬러오는 CT 소리에 지난 일들은 흔들리는 섬이 돼요

예측할 수 없는 내 안
심장이 기우는 쪽으로 바람은 허공에 길을 내고 버려진 적 없는 나는 발등 위에 내린 어둠을 털어내요

이제 동굴의 잠 속에 있는 내 영혼과 마주해요

바람개비

빙빙 도는 시선의 욕망인가

선암사 입구 터널을 지나는 길섶, 몸은 차 속에 있고 마음은 선암사로 올라가 있다 차창은 바람의 벽을 헤치고 달린다 달리는 차창을 바람이 잡아당기는가 모든 기억들이 날개를 달고 산란하며 눈망울이 자욱하다 꿈을 만들어 꽃을 피워내던 바람개비가 능선에 서서 돌지 않는 풍차처럼 걸어온 길 만지작거리고 있다 바람의 언덕에 바람개비가 출렁인다 출렁이는 것은 반짝이고, 반짝이는 것은 바람에 다시 출렁이며 꽃피워 가는 것, 푸른 오월의 차창에는 낱낱의 기억들이 날개를 달고 난다

바람이 꽃피는 바람개비

조롱 바가지

쌀 항아리 속에 들어 있는 얼간* 바가지 하나

빠개질 듯한, 뜨거웠던 그 자리를 무명실로 단
단히 매어두었다

상처 쓰다듬으며 한 뜸 한 뜸 꽉 붙들고 있는 안
간힘
별처럼 아로새긴 무늬로 있다

환부를 어루만지는 어머니

아직 할 일이 남은 조롱 바가지
영원한 소멸을 길게 유예한다

*금이 간 사물이나 마음의 상처를 일컫는 전남 지방의 사투리

38

2부

무성의 나팔꽃

가끔은 건너편 마음 같았던
나를 지금도 기억하고 있나요
계속 멀어지던 맨발로
거친 세상에 나와 보니
앳된 목소리 같은 여러 빛깔의 나를
덧없는 사랑이라 불러요
뿌리에서 시작된 하트 모양의 이파리는
자꾸만 허공을 밀어내요
꽃봉오리에 햇살 조각 머금고
망설임 없이 무성의 말을 하네요
어쩌다 다정한 눈길이 마주치면
간밤에 맺혀 있는 어둠을 털어내고
내 안에 뼈 없는 유전자를 만지작거려요
한 방향의 눈과 귀가
가느다란 씨줄에 매여 있어요
나는 늘 당신의 웃음에서
꽃이라는 기쁨을 얻지요
기도하듯 뻗어 나간 덩굴손의 여정이
생기 가득한 새벽을 열어요

앵두의 기억

때론 가라앉는 생각이 달려 나와요
간다라 유물관의 달빛을 받으며
해변의 오솔길을 걸어요
봄 햇살을 붙잡고 싶은 호젓한 길에
앙증스런 열매가 말을 걸어와요
찔레꽃이 하얀 계절을 건너
이제는 쇠잔해져 노름해진 잡목들 속
알몸으로 떨고 있는 당신에게
이대로 서 있고 싶다는 신호를 보내요
무더기로 흐드러졌던
그날의 기억이 생각날 때마다
꼬리를 물고 가는 둥근 발자국
활활 뜨겁게 사랑했을 통증이 묶음으로
몸 끝자락을 밀치곤 하지요
오솔길에 붉은 열매가 말을 걸어오고
생의 진술로 한 세상 받들고 있네요

보성 빛 축제장

반짝이는 성향이 있는 당신은
환희의 습성이 들어 있나 봐요
전망대에 올라 바라보는 언덕
지상에 은하수가 물결처럼 흘러요
백야를 향해 서 있는 당신은 흔들리는 꽃무늬
인가요
은파의 무리처럼 유영하는 빛은 찬란한 피아노
건반 같아요
잎새에 맺힌 반짝이는 봉긋한 입술
봄을 달고 영롱하게 속삭이고요
빛의 꼭짓점이 분광하는 언덕
군데군데 뭉쳐 있는 고요는 설렘이에요
어두운 빙점에 가득한 빛
봇 재 넘은 녹차 밭 나들이 길에 흥건히 물드는
당신을, 불러 봐요

발끝에 돋는 나비의 꿈

옥필통에 바람 한줄기

허공의 손가락에 음표 달아
겨드랑 사이로 일렁이던 바람결
그림자만 바스락거린다

온몸 겹겹이 접어놓은 숲의 문양으로
속눈썹 같은 별자리 뿌려 놓은 바람의 무늬들
문득, 유목의 긴 행로를 찾아
가는 길 묻고 싶다

나비처럼 둥글게 몸 마는가 싶더니
뜨거운 호흡 내뿜으며
살갗 환하게 풀어헤치는 접첩선^{摺帖扇}*
느슨해져 가는 한때의 푸른빛을
잇몸으로 켜켜이 물고 있다

깊은 눈으로 기억을 더듬어
계절의 등선에 묻었을 저 청춘의 꽃자리

우화의 본향을 찾아
발끝에 돋는 나비의 꿈

옥필통에 이는 한줄기 서체

*접는 부채 혹은 접부채라고도 함

골동품 경매장에서

경매장에는 조각구름이 떠 있어요
창평 신기마을* 입구 민속품 경매장
그는 언제부터 구름과 동거를 하였을까요
지상과 허공 사이에 생의 이력을
좌판 위에 펼쳐놓고
−자, 일 만원부터 시작합니다−
경매사가 조선시대의 민화를 가리키자
사람들의 시선이 흥정하는 손끝으로 쏟아져요
병풍, 화로, 수반, 옷장, 민속품들이
뿌리 없이 손짓 가는 대로 떠돌아요
거주지 없는 집시 같기도 하네요
계절을 짊어지고 아득하니 흘러가다가
눈송이처럼 흔적 없이 사라져
쓸쓸한 눈빛으로 피어나요
달빛이 살고 있는 골동품에는
유랑자로 떠다니는 좌판 위의 이력
뼈 없이 부유하는 당신인가요

*담양군 창평면 행정리

46

눈꽃

묶인 생각을 풀어놓고
꼬리별 따라가며 당신을 바라보고 있어요
나풀나풀 날리는 눈송이가
헐벗은 나뭇가지 위에 꽃으로 피고 있네요

어둠이 깊을수록 쓰라림도 깊어
바람이 내 안을 비집고 들어와
멀리 떠나온 곳을 앓고 있네요

배추흰나비 떼처럼 흩날리는 목소리가
무미건조한 내 몸에 들어와
사랑으로 피어난 당신
눈꽃이라고 호명하지요
순백을 고집하는 목화꽃 같은 당신
바람이 숨죽이며 고여 들어요
이별을 예감하던 순간이 아프게 다가와
말하지 않아도 감춰둔 슬픔은 돋움체로 읽혀요
눈꽃으로 호명되는 당신,

형용하는 새의 무리

돌이 허공을 응시하고 있어요
차가운 어둠 속에 발목을 걸고
살아가는 숨소리를 듣다가
고개를 들어 태생이 생각났는지 울컥거려요
단단하고 아득히 뭉쳐 있는 애끓는 몸
찍히고 걷어차일 때는
울음이 유출될까 봐 이를 악물고
홀로 비상의 꿈을 꾸었어요
나는 거처를 옮길 때마다 쿨럭이며
발톱에 울음을 물고 깃털을 모아
심장을 향해 날갯짓을 해요
격랑의 길은 좁고 멀어 날개를 퍼덕일 때
고통의 밤을 목구멍 깊숙이 삼키며
부서지고 할퀸 자국으로 맨땅에 있어요
사막의 그림자를 등에 업고
허공을 비상하는 꿈
어둠이 뭉쳐서 반짝이는 밤이네요
형용하는 새의 무리 변명 없는 상승이네요

귀 끝에 제비집

처마 밑에는 별들이 자라고 있어요
커튼을 젖히고 하늘을 바라보다가
문득, 문지방에 맺혀 있는 울음
주인 없는 제비 둥지를 바라봐요
허공에 떠 있는 한 점 구름 같아요
무성하게 피어나던 제비꽃 둥지에는
뿌연 여정만 노을빛으로 흘러요
파랗게 펼쳐가는 꿈, 흥건히 입에 물고
깔깔거리며 지저귀던 둥지
이역의 소리만 귀 끝에 달아 놓고
홀로 정적만 쌓여가고 있어요
고요가 주인인 한 뼘의 가슴속에는
시린 바람에 젖은 슬픔이
귓바퀴를 돌아 방울방울 떨어지고 있네요
늘 안부를 묻고 싶은 집의 기억
밀물처럼 맑은 슬픔으로 바라보면
묽은 노을의 터, 뱉어놓은 통증 같아요

물수제비

외로움으로 뭉친 돌멩이가

나뭇가지에 앉아 있는 새를 바라보며 펼쳐가는
풍경을 빗질하고 있어요

허공을 날아다니는 간극에서 곧추세운 날개를
읽어가는 시간

달궈진 조약돌을 기웃거린 것이 허물일까요

물줄기에 맨살이 밀려가며 부딪치고 돌연히 포
개지는 아련한 통증

납작하고 갸름한 표면에는 차가운 밤도 젖어 있
어요

햇살 두근대는 깃털의 무게

뿌리 깊은 내면에 묻어 있는 슬픔이 밖으로 걸
어 나오는 아침

〈

아픔도 손끝을 떠나 입체적으로 점을 찍는 물수제비

새처럼 수면을 두드리며 숭숭히 날아올라요

달궈진 돌이 대답 없는 나날을 딛고, 유유한 비상이라 구술을 해요

백련사 동백꽃

추락해 본 사람은 알아요
백련사 검푸른 동백숲길에는
발자국마다 벙글은 동백꽃이
통째로 뚝뚝 떨어져 있어요
슬픔의 절기를 지닌 청청한 빛이
안쪽으로부터 허물어져 내리는 순간
시린 바람에 꽃의 무게만큼이나
노숙의 슬픔이 꽃부리에 고여 있어요.
빗금 긋는 심장소리가 들려요
두 볼에 타고 내리는 것은
꽃빛인가요
꽃물인가요
서로를 훔쳐보다 경계가 깜깜해져요
늘 홀로 걸어가는 익숙한 고독이
달려 나와 꽉 쥐고 있는
슬픈 내면을 다독여 주어요
나날을 삭제해가는 우주의 모퉁이에서
붉은 꽃송이로 쉽게 드러나는 빛의 파장
추락해 본 사람은

명치끝 여닫는 캄캄함을 알아요
고립을 위무해 주고 안부를 묻는
백련사 동백숲길
몰락할 일 없는 꽃의 서사 한 편이네요

피아골 풍경소리

섬진강 물줄기를 붙잡은
어머니 젖가슴 같은 지리산 자락
태백산맥 소설의 배경인 피아골에 있어요
-제비가 계곡물에 깃을 적시고
날았다-는 유래로 불리는 연곡사
고향집 처마 밑에서
지저귀던 제비가 생각나요
쌀쌀한 민낯의 계절, 대웅전 그림자가
햇살을 뒤적이는 뒤뜰을 걸어요
동승탑비* 몸돌인 비신이 사라진 자리
받침돌과 머릿돌만 맴돌다가
우연히 하늘에 걸쳐진 열매를 보았어요
물음표 하나 던져 바라보는 산자락에
이 나무도 있고
먼 나무도 있고
참나무도 있는 숲
어머니 분신 같은 몸돌에 사라진 비신은
어느 골짜기에 누워 있을까요
제비 울음소리 같은 처마 끝 풍경 소리가

피아골의 고요함을 깨우네요

*연곡사에 있는 보물 153호

생의 부호

기억 속 가방은 물음표를 달고
젖은 무릎으로 떠다니는 새 떼인가요
손때 묻은 가방이
아픈 모서리 문지르는 묵언으로 있어요
마른 눈물처럼 풍경이 숨어 있어
덜그럭거리는 바람에도
한 방향으로만 걷는 발자국을 닮았네요
꿈결 같은 당신은
끝없는 물음표를 노 저어 가요
시간이 어둠과 슬픔으로 흘러가도
바람을 채색하며 발효하는
고요 속에 흐르는 한줄기의 느낌표
정서를 꽉 붙잡고도 있어요
파도가 남기고 간 썰물 뒤
새겨놓은 물음표
건널목마다 별을 만들고 있어요
손때 절은 당신과 꿈을 고집하는
나의 오랜 연민 같은 생의 부호들,

백련지 서정

바람의 뿌리가 창백한 얼굴로
넘어져 있네요
꽃잎의 시간이 쌓여 있는 무안 백련지에
연의 뿌리가 누워 있어요
빈혈기 있는 물기에도 하혈 없이 꽃피던 생
햇살의 두께에 따라
흰 발자국의 꼬리가 그림자를 물고
물컹한 진흙에 경전을 읽고 있어요
햇살이 겹겹이 쌓이고
가물가물 감정이 뭉친 뼈대 같은
하얀 맨살을 감출 수가 없네요
마른바람에 가엾은 눈물
뭇 별들이 떠오르는 백련지에서
자서전을 쓰느라 늘 분주한 나날
한 영혼의 꽃이 입구에 다다른
동그라미 속에는, 바람의 날들이
언제나 충혈된 눈시울이에요

눈사람 아버지

내 안에는 **뼈** 없는 눈사람이 들어 있어요
이른 아침, 가끔 들려오는 기척 뒤에
훨훨 날리는 눈송이가
하얀 그림자로 문풍지를 기웃대요
목에는 수건을 동여매고,
트래퍼* 모자를 쓰고,
마당에 눈을 밀대로 밀고 있는 아버지
생각에도 뿌리가 있어
빗장을 열고 지나온 길을 더듬어 봐요
나풀나풀 눈 내리는 날이면
뽀송한 눈송이를 그리움처럼 뭉쳐
내 안에 떠도는 생을 만들어요
어느새 설레던 날이 지나고
젖은 물기가 증발하듯 나이를 넘기며
슬픔이, 제방으로 쌓이는 모퉁이
낯익은 기침 소리가 건너뛰는 날
눈 내리는 냉기의 계절에서만
마주치는 눈사람이 골똘히 서 있어요
늙을 줄 모르는 청정한 아버지

*머리와 귀를 따뜻하게 하는 일명 야구모자

투명한 어항

물방울이 말없이 하늘로 오르는 유리관은 낯선 변방이 된다

물 밖에서는 살아갈 수 없는 지명 받은 태생
바다에서 떠밀려온 유전자의 거주지다
투명한 벽으로 둘러싸인 물속에 기포가 쏟아내는 하얀 포말

건너편의 거친 물살은 생을 건너는 발자취들이다
끝없는 물이랑을 떠나온 슬픔들이 환히 들여다보이는 아쿠아리움
갇혀 있는 물을 부리로 물고 출구 없는 입구에서 울고 있다

혀끝이 짭짤한 기억 속에도 물고기의 집은 한사코 보이지 않는 깊은 바다
가두리에서 하루치를 노 젓는 생은 바다로 나가는 유전자
유리벽에 흰 손때 자국 남겨놓는 외딴섬이다

연필에 관한 단상

단면을 돌려가며 깎는다

몽당연필에 피어나던 자음 모음
고사리 같은 손으로
또록또록 네모 안에
그려 넣은 수채화 같은 형상

정성 들여 깎는다는 것은
우리네 삶의 이력인가
등 그림자가 길게 자라나는
체온을 감지할 때마다
원시의 속 살결과 검은 뼈에서
걸어 나오는 향기
언제나 사방이 흥건하다

받침이 먼저 일어나는 기억들
흘림체 숲이 출렁거린다

하루분의 족적

벗어 놓은 양말은 지상에 풀어놓은 하루분의 노독이다

눈빛으로 만나 손끝으로 인사하는 횟수는 얼마나 되었을까

입 다문 서랍장 행간에서 밝은 마음으로 걸어 나오는 아침

차례를 기다리는 하루치의 씨줄에 양말이 나란히 집을 나선다

등줄기가 버거울 때마다 묶음으로 자신을 뱉어내는 생

발의 유체로 한 구간씩 꽃 피우며 동굴 같은 신발 속에서

물기 서리도록 온몸이 젖기도 한다

마음을 비워야 수신할 수 있는 변방의 터널을 돌아 나온 무표정한 당신

오늘도 하루를 끌고 다닌 족적이기도 한 나의 소묘

당신이란 그 자리

시들지 않는 꽃 한 송이가 내 안에 살고 있다
화첩을 펼쳐 본다

가끔 꺼내 보며 기억이 씻기도록 달리던 날
바람이 가르마를 내는 길 위에는 흰 꽃잎들이 날
린다

익어가는 계절의 중심에 직립할 수 없는 당신은
언제나 슬픈 낙화였나
붙잡을 수 없는 구름처럼 무연히 흐를 때마다 길
잃은 이파리로 떠돌았다

당신의 기척이 한 자락 회상을 남기고 떠난 자리
뒤바뀌는 꽃송이의 배경은 가깝고도 먼 공간일까

멀리 마침표처럼 서 있는 당신

한 송이 꽃으로 처연히 피어 있다

3부

청보리 밭에서

바람이 봄을 흔들어 대는 날
촘촘한 수직으로 일렁이는
보리밭에 서면 기억이 부푸는 당신이 있다
청록빛으로 겨울을 건너서
절정으로 가는 들판에
허공 가득 흔들리고 있는 침묵
아득한 밭고랑이 몸 일으켜 쿨럭이면
호미 날을 세워가던 손 마디마디에
풀물이 온통 배여 나곤 했던가
어둠 속에 살아가야 할 이유를
한 계단씩 건넜다
하늘로만 나 있던 평생의 외길
걸어야 할 보리밭 까시랭이* 길이 되고
하루 한 끼니였던 휘파람 뒤에는
밭고랑마저 허기졌던 청보리 밭,

*까끄라기의 방언

65

미소 한 잎

하늘의 별이 내려와
새날을 품는 것처럼

햇살 같은 손녀 미소가
연둣빛으로 환하게 돋아난다

침묵과 정적뿐인 가슴에
출렁이는 꽃밭이 된다

햇무리처럼 빛나는
싱그러운 미소 한 잎

구름의 문장

바람 불 때마다 별을 찾아 떠나는
나는 풍경을 그리는 붓의 결
하늘 마루 끝에 걸터앉아
모서리 없이 자라 오르는
솜털처럼 부드러운 곡선으로 그리움을 디자인
한다
새털구름이 양 떼를 앞세워 가는가 했더니
마른 구름이 물결을 만들다가
기울어진 어깨에서 물방울이 떨어진다
내 안에 별처럼 사는 것들이
흩어졌다 모였다가 흘러간다
귀거래사 도연명, 두보, 이태백이
하늘과 땅 사이에 구름처럼 오르내린다
간절기마다 길을 찾아
떠돌았을 허공에 담은 붓끝
끝없이 떠돌아다니는 너의 내면,
퍼즐 같은 문장에 밑줄을 그어 넣는다

말굽자석

길 위를 봄이 달리고 있다
수많은 골짜기로 막힌 고리를
부리 같은 발자국이 쌓여
성근별을 이어놓은 고속도로
양분된 구간이 곡선을 따라가며
한 방향의 에너지를 발산하고 있다
터널을 만들고 허공에 다리를 놓아
만나기 위하여 떠나는 사람들
한 점에서 끝나지 않는 N극 S극처럼
양분된 선로 위의
물질의 휘어진 이동
반짝이는 지평의 빛을 잡고 달린다
서로가 따뜻한 온기를 찾아
밀도 높이 자꾸만 굽어지고 있다

거울 속의 회화나무

무꽃이 피던 날
옥천 질화로 마당을 업은
회화나무 숲을 거닐고 있다
하늘 마루를 향하던 날개의 지점
날카로운 비바람에 맵고 짠 아픔의
내면을 따라가면 부러진 가지에
꺾이고 휘어진 허공이 있다
저 여과 없는 흔적, 굴곡진 나뭇가지마다
어둠의 반전 같은 연둣빛 무늬 잎
어쩌면 창공을 흙꽃으로 피우고 있을까
불현듯 지난날들이 다가섰는지
백지 같은 잇몸에 유치를 거쳐
영구치가 바르게 직립하던 땅
민낯의 계절을 돌아보는
생이빨 때운 자리
당신의 흰 미소가 거울 속에 있다
내 안에 사는 회화나무 한 그루
직립의 근간으로 있다

아카시아 꽃

연초록으로 반짝이는 빛
오월을 계절의 청춘이라 부르고 싶다

누구를 기다리고 있는가 투박하고 외진 곳에서
구름을 만들고 있다 하얀 음표를 달고 산비탈이
나 신작로에 우뚝 서서 그늘과 쉼터를 제공해줬
다 푸른 오월의 길, 이파리로 가위바위보를 하거
나 쌀 튀밥 같은 꽃송이를 어디에서나 한입으로
사랑해도 좋았던 당신이었지 되돌아오는 밀도 높
은 향기, 속울음처럼 쏟아내고 있다 한 점에서 끝
나지 않고 바람으로 떠도는 정오를 달린다

고요한 생각을 흔들면 먼발치에서 바라만 보아
도 안겨드는 향기의 통증, 코끝에 포개지는 연초
록 언덕의 꽃

당신은 아무 망설임 없이 하얀 안개로 일어선다

어부

염기 젖은 섬에 바람이 분다

구겨진 그물을 펼쳐놓은 제방에 앉아 햇살을 끌어 모으고 있는 노구의 손, 닳아버린 오독의 자리 더듬어 가며 끊어진 휑한 자리 꿰매고 있다 적막을 쓰다듬은 손가락 마디에 푸른 물결이 맺혀, 피는 뜨겁다 목덜미에 쉽게 드러내지 않는 짭짤한 간기를 그물 속에 그려 넣고 있는지 건너뛰는 빈칸마다 밀려오는 파도소리가 주름진 시간을 앓고 있다 짠 바람에 발등을 밟히거나 파도에 기울어지는 불안을 받혀가며 멀리서부터 오고 있는 빈 유랑의 날들, 지친 무게를 조율하듯 가늠하고 있다 밀려간 햇살을 끌어 모으고 있는 어부의 통증이 닿는 자리

꽃으로 피어나는 生이 있다

창호지를 바르며

묵은 날이 지나가고 있다

빗질하는 문살 모습이 돌아 나온다
햇살 기울어진 시간으로
체온의 방향이 뒤바뀌는 창문 표정

헤진 종이를 뜯어내며 들쑥날쑥
가라앉은 자리를 매만지고 있다

여닫는 바람의 그림자를 가늠하며
빠져나가고 밀려 나가는 창문에
떠도는 온기를 저장하는 행간
목화 꽃잎 같은 창호지에
풀어놓은 빛을 손끝으로 끌어넣고 있다

흩어지는 바람 맑은 줄기 찾아
창호지를 바른다
냉온의 방향을 물고 있는 공간의 온기
환하게 끌어 모아 빗질하는 날,

〈

헐거워진 기억 속에

돌아 나온 계절이 아름드리 푸르다

진도 고향집

주인 없는 집 동박새가
상념 하나 물고 숲속으로 날아간다
적요가 앉아 있는 1081-1번지
담장 위로 홀로 자란 신록의 몸짓
동백나무와 자두나무와 모과나무가 있고
종려나무와 사과나무가 있는 마당
웃자란 잡초가 빈집을 지킨다
뚜껑 열린 적막이 주인이다
낮은음자리표로 다가서는 문틈 사이
보리알을 삶던 가마솥은
풍화의 생으로 쇠락 중이다
바람을 밟으면 일렁이는 그늘
돌아갈 곳 없는 메마른 발자취가
남몰래 야위어 가는 곳
무성한 나무들만이 계절을 걷고 있는
빈집은, 반짝이는 유년의 조각들이
저장된 박물관이다

나를 마중한다

우두커니, 들여다본다

크고 작은 숨결이 쌓여 물컹하고 선명한 몸짓
에 흥건히 젖기도 하지
흰 바람이 불어 야위어가는 계절인가

날아온 진단서 한 장에 당신을 마중 갔다가 되
물어 오는 울음 조각

홀로 통증의 맥박을 짚어가며 저만치 긴 터널의
어둠을 빠져나온 오후
유예기간의 상처에 한계를 알고 싶었던 날
지리산 종주로 어둠 속에 온기를 파고들었지

촘촘하게 만들어가는 직립의 길
누구나 가지고 있는 리듬의 변이에 조금씩 닮
아가는 속마음을 걸어 놓은 나는

투영되는 안부를 가끔 되묻는다

비지랑골

해변에 있는 집을 찾아가던 길
문득, 목양 하우스에 닿았다

한달음에 닿은 언덕
익숙한 길에는 옛 성터 그늘이 있지

해안선을 밟고 걸어가면
떠난 사람들이 흔적으로 서 있다
해변에 솟아오른 연대봉
봉화 터가 해송 사이로 빼꼼히 앉아 있는 산은
무수한 상념이 지나간 바람의 자리
옛 성터에 허무가 앉아 있다

흔적으로 말하는 금갑성은
혼잣말하는 고요의 눈물이다
깃발 휘날렸을 성곽은 간 곳이 없고
모래 언덕은 바람이 앉을 수 없는 비단 같은 맨
살인가
바다를 끌어안은 해안선에 파도가 계절의 주인이다

〈
모든 것이 섬에 닿아
귀환하지 못한 시간
꽃 진 자리에 번지는 노을을 바라보는 발자취

비지랑골*에는 혼자 말하는 성이 있다

*진도 의신 금갑리 한 지명

수면 위, 나비 떼

꽃대에 맺혀 있는 분홍의 온기가
차가워져 가는 시간을 받들고 있다

차분하게 쏟아내는 그늘이 철철 넘쳐흐르는 전
평호수
넉넉한 잎사귀 사이로 앉아 있는
꽃숭어리를 발자국 따라 가만히 바라보면
숨소리마저 고요에 든다

순간의 촉감이 꽃잎마다 미소를 달고
수면 위에 나비처럼 날고 있는가

진흙 속의 슬픔을 읽는다

사방의 끝자락에 바람조차 향기롭고
홍련이 펼쳐놓은 시간들이 몽환적 주술로 고여 있다

그윽해지는 기척
자꾸만 수면 가득 차오르는 물빛들

새롭게 열리는 길은 수줍은 당신이다

뱀사골에서

맑은 물소리가 들려오는 지리산의
청량한 계곡으로 달렸다

녹음 속을 돌아 나오는 서정을 꺼내어
낮달의 따뜻한 고요를 풀어놓은 여울목
푸르게 반짝이는 시간은 빛인가

배회하는 흰 여울의 침묵을 불판 위에 놓았다
식탁 위에는 홍주와 돼지고기를 기다리는 상추
쌈장이 있고
묵은 김치와 열무김치, 파나물이
한 끼 성찬을 향해 다소곳이 줄 서 있는 좌탁
흥얼거리는 낱말들이 젖은 밤을 밝혔지

파란 도화지 위에 펼쳐지는 문장조차
보이지 않는 맨발로 가득히 채워가는 공간

돌아보면 빈자리에 남아 있는 추억처럼
뱀사골 풍광 하나, 수채화로 있다

맨발로 물꽃을 읽다

바다가 넘실대며 내게 있다

푸른 물길이 체온을 나누며 달린다
갯바람에 젖은 소나무 숲에는 길이 서 있고
음계처럼 펼쳐지는 해안선
뒤적여 보는 모래톱에 발자국을 새기며
쏟아내는 물 향기를 코끝으로 입 맞춘다

바라보아도 읽히지 않는 수평선
언제나 바다는 출렁이고 출렁이며 물음표로 있는가
파도가 독백으로 만들어 놓은 백사장
수많은 발자국이 유영하는 경계에 서면
누구나 바다의 유혹에 날개가 펼쳐진다

밀물과 썰물에 다리를 놓아
가도 가도 그 자리 같은 대천 해변
끝없는 백사장을 맨발로 걸어봐요
갯바람에 휘어진 물결이
솔잎 가지 기척마다 햇살로 핀다

〈
보고 보고 보아도 푸른 풍경
바다는 지금도 물방울이 자라고 있다

정자나무 사랑방

한 그루의 서정을 본다

시간의 무늬가 쌓일수록 우람한 자태에 수려해지
는 숲
초록이 영글어 가는 그늘을 걷는다

당산나무 아래
민낯의 무릎으로 앉아 있다

고단한 사람들이
저마다 헤아려 보는 별이거나 잊혀가는 것들을
달빛 그늘에 뜨개질하는 누대의 자리이지

하루를 건너다가
향불 앞에 하얀 국화 한 송이 올려놓고 돌아오
는 길
앞차와 접촉사고 나던 날
'술 마셨나요'
아찔하고 멍멍한 순간
지난밤의 꿈에 보았던 정자나무가 스쳐갔다

〈

　가지마다 무성한 골을 펼쳐

　꺾여가는 기억에 굽이치는 성성한 모습

　야윈 발목으로 머무를 수 있는 사랑방 같은 서
정이지

　묵어갈수록 깊이 우거진 당신의 기억

나르시스 날개

잠에서 깨어 거실의 수선화 화분에 눈을 맞춘다
꽃대에 맺혀 있는 노란 꽃송이들

예감 없이 맞이한 공간에
서로를 바라보듯 마주한 당신의 시간들
피고 지던 자리가
꽃잠자리 날개인 줄 미처 몰랐다

흙 속에 가만히 묻어 두는 정 깊은 당신의 몸짓
처럼
떠나가는 날에도
노란 밑줄 그으며 꽃이 피고 있다

오롯이 당신만을 위하여

따각따각 괘종시계 소리는 넘치게 들리고
꽃 진 자리에 노란 나비 떼
하늘하늘 날아다닌다

오녀산성*의 숲

말발굽 소리 일어서는 능선을 달린다

깎아지른 기암절벽 하늘 잇는 천애의 돌계단에 올라서면 탄성과 침묵이 하늘을 찌르고 있다 멀리서 다가설 듯 펼쳐지는 산줄기에 등 푸른 비류수 강을 마주한다 굽이쳐 흐르는 것이 물줄기만이 아니구나 수천 년 역사의 수직 같은 벼랑 위에 오녀산성, 묵묵히 앉아 있는 성곽과 무릿돌 박차며 광야를 달리던 대지에 입 맞춘다

진군의 말발굽 소리, 펄럭이는 깃발이 중원을 휩쓸며 건넜을 비류수 강은 말이 없고 찬란한 역사는 꽉 다문 성문처럼 숲으로 싸여 있다 바람의 성, 망대에 서면 주몽의 숨결 천지에 토랑토랑 떨어지는 물방울은 하늘의 눈물인가 유구한 역사에 숨결이 발효되는 옛 성터

으름나무 보리수나무 느티나무 그늘 아래 라일락꽃 향기 무성하다

*졸본성 홀본성이라고도 칭하는 고구려 첫 도읍지

물그림자

수면 위에 투영하는 그림자가
시선을 사로잡는 세랑제*
맑은 하늘에 물들어가는 나뭇잎 사이로
가만히 들여다보면 손 바가지 물속으로
출렁이는 그림자가 미끄러진다
퇴행성 물결이 한사코 밀려가며
모서리로 걷는다
꽃빛으로 떨궈놓은 물결 위
바람과 햇살과 구름 사이에서 피어난 흔적이
자라고 있는 둘레길
들춰보면 뜨거워지는 원색의 순간이다
딱딱한 버즘나무 껍질이 무늬를 남기듯
분홍빛 숲 그늘 아래
거울처럼 맺혀 있는 물방울들
하늘은 물구나무선 채 골똘하다

*미국 CNN이 선정한 화순에 있는 사진 촬영 명소

4부

블랙홀에 빠진 거울

수건 하나 달랑 들고 들어선 목욕탕
평면거울 속에 빨려드는 사람들 사이로
뜨거운 온기가 가득한 하얀 공간
물방울이 맺혀 있는 천장 아래서
아버지의 등을 밀어주는 아들을 본다
그을린 시간이 문득, 스친다
지나버린 먼 겨울 처음이자 마지막이었던
아버지와 석정온천 나들이
목선에 골진 주름과 어깨 넘어 불거진 뼈마디와
굽은 등에 박힌 생의 반점
붉은 침묵을 따뜻한 물로 쓸어내렸다
가지런히 벗어놓은 흰 고무신과
바지저고리와 두루마기가
붙박이장 속에서 보름달처럼 떠오른다
휘도록 노 저어가던 포말 속에 거칠었던 생이런가
별 같은 아버지의 언덕
거울 앞에 서 있는 눈빛이
고요하게 가라앉는 순간이다
서랍 속에 발아하는 우기의 후경

낙화암

부소산성 끝자락 북쪽 백화정
빗방울은 떨어지고 수직으로 불끈 솟아오른
낙화암은 홀로 고적하다
멀리 흘러가는 백마강
묵묵히 세월을 읽고 있다
고란초 포개진 입술처럼
강물 위에 떨어진 슬픔을 들여다본다
낙화한 궁녀의 환상이
치마 끝자락에 실타래처럼 엉킨다
떨리는 울음소리 그림자를 바위에 새겼나
바람과 빗방울과 햇살을 한 몸에 받는
한 줄기 서녘의 시간
흔들리며 꽃피다가 한순간 떨어져도
다시 돋아난 고란초처럼 애절한 낙화암은
어느 후생의 꿈속으로
가냘픈 꽃잎 흩날리고 있는가

마이산 능소화

잃어버린 시간일까
두 덩이 검은 바위가 거대하게 솟아오른 마이산
가만히 바라보며 골짜기를 따라가면
에움길이 뜨거워지는 순간이다
누가 꽃을 밟을까
기암으로 솟아오른 봉우리에
그림자를 만들어 놓고
다시 묵묵히 앉아 있다
억만년 그리움과 기다림인가
굳어버린 바위산, 바람과 구름과 눈보라가
내던지는 수직을 밀림의 능선 따라
능소화가 부챗살처럼 숲을 펼쳐간다
먹먹한 어깨에 기대듯이
맑은 입술 겹겹이 포개고 있다
허공의 벼랑에 흩날리는 순간마다
파발마의 생처럼 암벽을 달리는 무리
자꾸 뒤돌아보며 저 높이 뜨거운 붉음을 읽는다

스침의 그늘

나무 가지에 새 한 마리 앉아 있습니다
사모하는 이유가 따로 있나요
설핏 그리움이 밀려오면
호젓한 순간들이 설렘으로 가득한 것을

새 한 마리가 고요히 앉아 있습니다
그리워하는 시간이 따로 있나요
문득, 뭉게구름처럼
여러 방향으로 길을 내고야 마는 것을

청청한 시간이 날개 달고 깜빡한 사이
낙엽을 주우며 스침의 그늘에서
물감 같은 단풍잎으로 가슴 물들일 줄
누가 알았습니까

분홍빛 생의 한때
바람이 허공을 물고 간 후

실어를 앓던 마음 하나가
휑한 나뭇가지에 앉아 있어요

팍, 터지다

봉선화가 맨발로 서 있는
장독대 모퉁이
시간은 서쪽으로 기우는데
태양은 팽팽한 정오로 떠 있다
옷소매 걷어 올리고
묵묵히 걸어가면
자꾸만 생각의 실마리가 날아다닌다
메마른 독백으로 서 있는 꽃대에
토해낸 붉은 꽃송이와
꼬투리 실한 열매
고향의 달빛이라도 내려앉는 것일까
손톱 위에 꽃송이
꽃씨 주머니 팍 터지며
허공을 차오르다 내려앉는다

스쳐야 꽃이 핀다

낡고 오래되어도
여름밤의 모닥불 같은 그리움이 있다

탁자 위에서
툇마루 위에서
성냥갑이 번쩍이는 소리
그림자보다 더 어두운 주머니 속에서도 봉합할
수 없는 불꽃

스침으로 타오르는 성냥불
세월이 덧씌워놓은 추억으로 가는
퇴행의 경계에

타오르는 불꽃이다

거친 칼바람 속에서도
칠흑 같은 캄캄한 곳에
미명의 싹 트임 같은, 당신은 꽃

스쳐야 꽃이 핀다

갯벌의 미궁

갯벌을 풀어헤치는 가슴이 있다
홀로 온기를 모으는 우직한 본성
검게 번득이는 알몸 아낌없이 내주며
뜨거운 계절을 만드는 어둠의 미궁이다

무리는 우주 한 모퉁이에 앉아
즐비한 참살이 낯선 즐거움을 캐고
휩쓸리며 닳아가는 갯벌의 족문

달그림자 같은 기억은 촉촉한 입술로 있다

한쪽으로 어깨가 기운 파도에
하늬바람 마파람 적시어 가며
하루를 멍석말이처럼 접었다 펼쳤다 하는
갯벌의 골똘한 투영
팔을 들어 활짝 가슴을 벌린다

빛 부신 무늬, 군락으로 변신 중이다

미세먼지

주위를 맴도는 너는 어디서부터 왔을까 심층까지 파고드는 뿌연 날개가 되었는지 보이지 않는 알갱이가 한데 모여 군중 속을 떠돌아다닌다 일그러진 꿈이 또 다른 기억을 답습하며 시야의 모서리마다 술렁거린다 뼛속까지 소리 없이 스며드는 허공의 부유물들 계절도 없이 행간을 끝없이 떠돌고 있다, −어디로 갈까− 흰 구름 같은 날개를 달아 매화꽃 향기로 이곳저곳 부유하고 싶었을까 눈빛 스친 그리움 따라, 예고 없이 바람이 밀고 다니는 눈물 안쪽을 가만히 들여다본다

떠도는 분진이 지배하는 시대

여뀌꽃

붉은 서체 새기며 바람이 지나간 자리
들여다본다

둥근 물줄기 무리가 휩쓸리는 계절
별똥별의 꼬리처럼 걸친 습지에
짜릿한 생의 진본을 읽는다

인적 뜸한 곳에 길을 만들고
바람 끝 풍경 흔들며 허리춤 추켜가는 시간의
길목
외진 덤불 속에 서로를 끌어안고 있다

영혼 맑은 햇살의 징검돌 하나라도
팽팽히, 낯선 구석까지 물들어가는 불의 향기

꼬리 없는 허공에 그림자를 만들어
감탕물처럼 엉킨 뒤안길
붉은 그늘을 펼친 무성한 꽃이여
어두워지는 고적의 숲에서도
푸른 힘줄 당겨 어둠을 털어 낸다

몸 안의 파도소리

물을 베고 잔 부안 반도 샹그릴라
바다를 떠나와도 몸속에는
한동안 파도 소리가 머물고 있다
고요하게 내려앉은 모래밭에 맨발 담그면
쓸쓸한 저쪽 물 등성이를 넘어온
물결 소리가 어깨를 지나간다
바다를 당겼다 풀었다 하는 모래사장에
덩그런 그네가 파도 소리를 그려 넣고
물 안쪽에는 장승이 짠물을 먹으며
수심을 지키고 있다
마음을 내려놓아야 수신할 수 있는
해저에서 파도는 맨발로 달려온다
부서지는 힘으로 다시 차고 올라
넘치지 않는 평심으로 되돌아간다
파도 소리 흐르는 몸 안에서
열망을 밀어내는 섬의 수평선
물 등성이를 넘어온 파도 소리가 변산을 넘는다

거북이 좌탁

슬픔은 겨드랑에 있어요
수령 깊은 느티나무 밑둥 원목
거북이 좌탁을 가만히 불러 봐요
부표 아닌 푸른 물결을 떠나 온 생
건조한 거실에 내려딛는 발자국에는
공허한 건기가 쌓여 있어요
걸어온 뒷모습 좌우로 둘러보아도
늘 마음속에는 파도가 치고 있네요
그리움 하나 들고 떠나는 여정이련가
발끝에 힘을 주어 뛰는 모습이
푸른 물결 더듬어가는 기억을 닮았지요
고요를 담은 쓸쓸한 건기의 거실
부유하는 슬픔은 겨드랑에 있어요
묵언으로 네 발끝을 모아가는 몸짓
바다의 세월을 건너고 있네요

슬픔을 분절하다

우연히 붙잡아 놓은 순간을 들여다보면
등 뒤에 숨어 있던 표정이 교차한다

침묵이 끌고 가는 고독의 거처
뭉쳐지는 상흔이 한 뭉치다

자작나무 같은 그리움이
홀로 피어나는 희미한 풀꽃
모래톱을 긋고 지나는 기러기 발자국처럼
아득히 유영하며 슬픔을 분절한다

하얀 종이 위에 하늘을 그려 놓으면
수초처럼 생각이 돋아난다
물안개로 피어나던 자리에
종이 찢기듯 예감 없이 찢긴 상처
슬픔으로 날려버렸을까
자작나무 숲 사이 은빛 지느러미로 부유하는,

내 오랜 꿈자리 바깥

독수정원림*에서

가보지 않은 곳은 더 그립고
머문 자리는 떠난 후에도
놓쳐 버린 인연처럼 붉게 물들어 있는가
남면 소재지에 들어서면 오른쪽 숲
언덕 위에 제비집처럼 앉아 있는 정자가 있다
소쇄원을 마주 보는 맑은 단풍
얼굴을 내밀고 팔을 흔들며 달린다
멀리 서 있는 가을의 등이 둥글어진다
봄과 여름을 풀어헤친 단풍이
꽃잎처럼 흩뿌려진 원림
모서리 없는 바람이
또 다른 풍광을 펼쳐놓는다
독수정이 무등을 넘고 있다

*담양군 남면 연천리에 있는 조선 전기의 원림

고구마 밭을 지나며

은행나무가 펼쳐 놓은 노란 길을 걸어간다
물방울과 햇살이 맺히고 쌓인 자리
돌아본다는 것은 아름다운 일이지만
외롭고 슬픈 오솔길이기도 하다
달무리 같은 생으로 비워가는
바람의 어원이 가득한 들녘
생각을 뛰어넘은 달빛 따라
회화나무와 자작나무 숲을 걷다가
메밀밭 지나 도랑 건너 고구마밭
한 평 남짓한 파헤쳐진 자리에는
둥근 달그림자가 앉아 있다
불현듯이 달려오는 그리움 하나
어머니 손끝에 익어가던 햇고구마가
초가을 가마솥에 달아오르며
기억 사이로 가물거리는 오후

바람의 언어는 늘 무른 살이다

다랭이 논을 바라보며

파스텔로 편지를 쓴다
마주 보면 색색의 시간
텅 빈 길을 앞세워 간다
무진 성을 지나 충장사로 넘어가는 길
수런거리는 잎사귀에 햇살들이
나에게 말을 걸어오고 있다
허공에 날개를 달아가는 고갯길
기침하면 날아갈 듯한
앉아있는 한 뼘의 다랭이 논이
둥근 낮달처럼 구름 위에 걸려 있다
휘어진 휑한 논바닥에
대나무 건조대를 세워놓고
거꾸로 매달아 놓은 가지런한 볏단
쪽 바람에 몸을 말리고 있다
볏가리 바라보는 등마루에
팔부능선 넘어가는 가을
들판을 먹여 키운 하루치의 햇살이
밀린 잠에 든다

*볏단을 가지런히 쌓아 놓은 더미

억새

-승촌보 가는 길

군락으로 펼쳐진 억새꽃들이
바람을 온몸으로 뱉어내고 있다

둑길 아래 펼쳐진 억새밭
메마른 줄기에 쏟아지도록 뿌려 놓은 은빛 꽃이
강물조차 눈부시게 하던 날

풀숲을 지나 온 습지의 풍경은 바람의 날개를
잡고
사그락 거리는 건기로
마른 슬픔을 물결치고 있다

강물에 투영된 허연 억새꽃이
맨발로 달려오다가 다가서면 멀어지는 허공

가끔씩 가라앉은 기억을 끌어올려
바람에 매달아 놓았는가, 억새꽃 사이에 서면
시집간 누이가 마주 달려오기도 하고

꽃향기 쉰 어머니가 환하게 손짓하는
보름달 아래 승춘보 가는 길

떠난 이의 굽은 등이
찬연하게 유영하는 무색의 계절이다

축제의 현수막

주암호를 끼고 송광사 가는 길
노란 들판이 생각을 채색한다

나무와 나무 사이에 걸려 있는
굴림체나 엽서체로 새겨 넣은 현수막
깊어가는 가을이 바람에 펄럭이고 있다

마주치는 유색의 목소리,
길목을 조명하며
담장 넘어 익어가는 감빛처럼
떠도는 표정들을 호명하고 있다

적막한 거리에 걸려 있는 현수막
잠잠한 산과 강 사이에 등을 기대고
내일을 견인하려는 듯
밑줄 그어놓은 축제의 낱말들

묻어두었던 겨드랑 길에 다리를 놓는다

만의 총에서

억새꽃이 만발한 성산리 들판
뿌리 깊은 회화나무 그늘이 있다
화려한 후경 같은 고분과 빗돌을 바라보면서
가만히 마주 선 고요
한 떨기 꽃잎으로 떨어진 자리에는
퉁퉁 부은 발자국이 허공에 나이테를 새겨 놓고
휑한 들녘에 어둠이 빛 밝히며 모여 있다
적요의 한복판에 달빛 같은 봉오리
빗돌에 들쳐보는 말발굽과
쏟아내던 의분, 민초들의 함성을 듣는다
누구는 깊은 침묵으로 고개를 숙이고
어떤 이들은 들풀 같은 몰 무덤을 돌며
그날의 표정을 체감하느라 골몰 중이다
무명으로 살아온 만의 총*은
꺾어진 꽃숭어리가 앉아 있는 슬픔의 능

투영되지 않는 너른 들녘은 노을에 붉다

*정유재란 때 의병으로 죽은 만 명을 합장한 무덤으로 몰 무덤이
라고도 칭하며 해남 옥천에 있음.

향기로운 詩의 이유

유정이(시인, 문학박사)

 양동률 시인의 시집에는 "꽃"이 지천이다. "수선화"나 "자귀나무 꽃", "나팔꽃"이나 "동백꽃" 그리고 "백련", "능소화", "여뀌꽃"과 같이 실재하는 것뿐만 아니라 "돌꽃"이나 "눈꽃", "물꽃"처럼 지상에 없는 이름의 "꽃"이 보이기도 한다. 등장하는 종류도 여럿이고 다른 오브제의 형태나 성상을 비유하여 시화하는 경우도 많다. 이는 실재하는 "꽃"을 지켜보면서 궁극적으로 그것을 묘사하는 대상으로서의 "꽃"이 있고, 다른 대상을 "꽃"으로 빗대어 그 속성을 인식하거나 성찰하는 방식으로서의 "꽃"이 존재한다는 의미이다.

> 꽃대에 맺혀 있는 분홍의 온기가
> 차가워져 가는 시간을 받들고 있다

차분하게 쏟아내는 그늘이 철철 넘쳐흐르는 전평호수
넉넉한 잎사귀 사이로 앉아 있는
꽃숭어리를 발자국 따라 가만히 바라보면
숨소리마저 고요에 든다

순간의 촉감이 꽃잎마다 미소를 달고
수면 위에 나비처럼 날고 있는가

—「수면 위, 나비 떼」 부분

　위의 시는 다른 오브제를 한 송이의 "꽃"으로 형상화하
는 대표적인 경우에 해당한다. "호수"가 일렁거리는 순간
들을 바람에 하늘거리는 "꽃잎"으로 인식한 것에서 출발
한 이 시는 물빛 찬란한 "전평호수" 전체를 하나의 "꽃숭
어리"로 보고 있어 흥미롭다. 다른 시편 「맨발로 물꽃을
읽다」에서도 그는 "넘실대는 대천 해변"을 "물꽃"으로 읽
어낸다.

　"호수"만한, "바다"만한 꽃이라니! 가히 세상에 존재하
는 것 가운데 가장 커다란 꽃이 아닐까? 주변을 둘러싸
고 있는 "전평호수"의 그 크기만큼 넓게 자리한 "그늘"은
"꽃대"와 "잎사귀"로 자연스럽게 연결된다. 호수를 향해

불어오는 바람은 마땅히 "꽃"의 "향기"에 해당되니 이 크고 아름다운 "꽃송어리"를 향해 "나비"가 등장하는 것은 자연스러운 일이다.

　"꽃"이 피는 순간은 식물의 생애에서 가장 정점에 해당한다. 일찍이 김춘수 시인이 노래한 '꽃'의 개화가 '하나의 (중요한) 의미'로, 이형기 시인이 노래한 '낙화'가 '상실과 이별'을 상징하는 것에 일반적으로 동의하는 까닭이 그것이다.

　　　묶인 생각을 풀어놓고
　　　꼬리별 따라가며 당신을 바라보고 있어요
　　　나풀나풀 날리는 눈송이가
　　　헐벗은 나뭇가지 위에 꽃으로 피고 있네요

　　　어둠이 깊을수록 쓰라림도 깊어
　　　바람이 내 안을 비집고 들어와
　　　멀리 떠나온 곳을 앓고 있네요

　　　배추흰나비 떼처럼 흩날리는 목소리가
　　　무미건조한 내 몸에 들어와
　　　사랑으로 피어난 당신
　　　눈꽃이라고 호명하지요

– 「눈꽃」 부분

'겨울'은 무성하던 잎이 모두 떨어진, 열매는 떠나고 부서진 신체만 존재하는, 황량하고 삭막한 시절이다. 젊음이 가고 노후한 생의 끝자락에 서 있거나 열정이 사라진 사랑의 마지막에 머물러 있다거나 건강을 소진한 죽음 가까이의 상태를 말할 수도 있겠다. 어떤 경우이든 희망이 사라진 절망의 순간을 상징하는 것이 '겨울'이다. 이 시에 보이는 "겨울"은 화자인 "나"가 위치한 시간적 배경이면서 동시에 그 자신으로 비유되기도 한다.

"겨울"로서의 "나"는 "비집고 들어와" 있는 "바람"으로 가득 찬 "무미건조한 몸"의 상태로 되어 있다. "헐벗은 나뭇가지"의 외연이다. 그러나 이와 같은 절망적인 순간에 내리는 "눈"의 정체는 어떠한가? '눈'은 대기 중 수증기가 찬 기운을 만나서 만들어진 하얀 색의 결정체이다. 대체로 육각형의 규칙적인 패턴으로 되어 있어 외관 상 "꽃"의 모양과 닮아 있다.

쉽게 짐작할 수 있듯이 이 시에서의 "눈꽃"은 겉으로 보이는 "눈"의 모양을 단순히 "꽃"으로 인지한 것은 아니다. 어둠과 반대편에 위치하는 밝은 '빛', 혹은 절망을 위무하는 희망과 같은 존재로서의 "꽃"을 말하고 있다. 시의 뒷

부분에 오면 "눈꽃"은 다시 "당신", "목화꽃 같은 당신"으로 규명된다. "나"의 외부에 사물로 존재하는 "꽃"이 아니라 "내 몸에 들어와/사랑으로 피어난 당신" 곧 "나"와 한 몸이 되는, "당신"으로서의 "꽃"이라는 절대적인 위치를 점한다. 이외에도 "꽃"과 "당신"이 등가를 이루는 예는 무수하게 발견된다.

　시인은 대부분의 대상을 "꽃"으로 인식하거나 그 자체에 시선을 둠으로써 탄생과 변화에 기저한 우주의 섭리를 근원적으로 통찰하고 있다.

　　　경매장에는 조각구름이 떠 있어요

　　　창평 신기마을 입구 민속품 경매장

　　　그는 언제부터 구름과 동거를 하였을까요

　　　지상과 허공 사이에 생의 이력을

　　　좌판 위에 펼쳐놓고

　　　ㅡ자, 일 만원부터 시작합니다ㅡ

　　　경매사가 조선시대의 민화를 가리키자

　　　사람들의 시선이 흥정하는 손끝으로 쏟아져요

　　　병풍, 화로, 수반, 옷장, 민속품들이

　　　뿌리 없이 손짓 가는 대로 떠돌아요

　　　거주지 없는 집시 같기도 하네요

　　　계절을 짊어지고 아득하니 흘러가다가

눈송이처럼 흔적 없이 사라져

쓸쓸한 눈빛으로 피어나요

달빛이 살고 있는 골동품에는

유랑자로 떠다니는 좌판 위의 이력

뼈 없이 부유하는 당신인가요

   – 「골동품 경매장에서」 전문

　"꽃"이 땅에서 피고 진다면 "구름"은 하늘에서 태어나
고 사라진다. 그렇다면 "구름" 역시도 하늘에서 피는 "꽃"
이 아닐까? 실제로 시 「아카시아 꽃」에 보면 "투박하고 외
진 곳에서 선 채로 구름을 만들고 있다"는 표현을 만날
수가 있어 "구름"이 곧 "꽃" 즉 "꽃"과 "구름"을 같은 속
성으로 묶고 있음을 보여준다. "꽃"의 점유자로서의 시인
이 허공에서 피었다 지는 "꽃"의 속성으로 "구름"에 다가
가는 것은 자연스러운 일이다.

　위의 시에서는 오랜 시간의 흔적이 묻은 "민속품"들이
"경매장"에 나와서 헐값에 내몰리고 있는 모습이 그려진
다. 누군가의 "생의 이력"들이 상품으로 전시되고 "흥정하
는 손끝"에서 값이 결정되는 쓸쓸한 풍경이 드러난다.

　"병풍"을 치고 "화로"에 불을 넣거나 "수반"에 꽃을 꽂
던 손길은 어디에 갔을까? "옷장"에서 옷을 꺼내던 그들

은 "뿌리 없이 손짓 가는 대로 떠도"는 "거주지 없는 집시"와도 닮아 있다. "골동품"으로 대표되는 사물들은 "아득하니 흘러가다가/눈송이처럼 흔적 없이 사라"진다. 모든 존재하는 것들은 사라진다는 것을 오래된 그림처럼 펼쳐 보이고 있다.

하지만 뒷부분으로 오면 그것은 단순히 소멸하는 것이 아니라 다시 어느 곳에서인가 "피어나"기도 함을 말한다. "구름"은 그 모양을 짓고 떠도는 "유랑자"이며. 피고 지는 식물(꽃)의 운명처럼 고정되지 않은 생 혹은 "당신"과 만드는 사랑의 정체처럼 "쓸쓸한 눈빛"을 보여준다. 그러나 그 또한 "목화송이"처럼 한 송이의 '의미 있는 꽃'으로 피고 있음을 강조하고 있다.

흥미로운 점은, 시집 전편에 걸쳐 많은 "꽃"들이 등장하지만 대부분 일정한 거리의 객체로서 자리한다는 것이다. "당신"이라는 소중한 존재와 향기롭고 아름다운 "꽃"을 등가로 놓으면서도 이를 대하는 시적 자아의 정서에는 감정의 과잉이나 편중이 없다.

> 돌이 허공을 응시하고 있어요
> 차가운 어둠 속에 발목을 걸고
> 살아가는 숨소리를 듣다가
> 고개를 들어 태생이 생각났는지 울컥거려요

단단하고 아득히 뭉쳐 있는 애끓는 몸

찍히고 걷어차일 때는

울음이 유출될까 봐 이를 악물고

홀로 비상의 꿈을 꾸었어요

나는 거처를 옮길 때마다 쿨럭이며

발톱에 울음을 물고 깃털을 모아

심장을 향해 날갯짓을 해요

격랑의 길은 좁고 멀어 날개를 퍼덕일 때

고통의 밤을 목구멍 깊숙이 삼키며

부서지고 할퀸 자국으로 맨땅에 있어요

사막의 그림자를 등에 업고

허공을 비상하는 꿈

어둠이 뭉쳐서 반짝이는 밤이네요

형용하는 새의 무리 변명 없는 상승이네요

– 「형용하는 새의 무리」 전문

가끔은 건너편 마음 같았던

나를 지금도 기억하고 있나요

계속 멀어지던 맨발로

거친 세상에 나와 보니

앳된 목소리 같은 여러 빛깔의 나를

덧없는 사랑이라 불러요

뿌리에서 시작된 하트 모양의 이파리는

자꾸만 허공을 밀어내요

꽃봉오리에 햇살 조각 머금고

망설임 없이 무성의 말을 하네요

(중략)

한 방향의 눈과 귀가

가느다란 씨줄에 매여 있어요

나는 늘 당신의 웃음에서

꽃이라는 기쁨을 얻지요

기도하듯 뻗어 나간 덩굴손의 여정이

생기 가득한 새벽을 열어요

– 「무성의 나팔꽃」 부분

시에 보이는 대상 "새"와 "나팔꽃"은 시의 자아가 투사된 객관상관물로 주목을 끈다.

"새"는 무한한 하늘을 자유롭게 날아다니는 역동적인 존재이다. 인공적인 구조물에 갇히지 않는 "새"는 그런 이유로 무한 자유의 대명사로 인식된다. 하지만 전체를 눈여겨보면 이 시에 등장하는 "새"는 조금 다른 면모를 갖추고 있음을 알게 된다. "말없는 돌"에 표현된 첫 행으로 미루어 "새"는 다만 형상을 갖춘 돌의 속성 즉 '수석'인 듯하다. 자유로이 넓은 하늘을 활강해야 하는 "새"의 운명은 "고통의 밤을 목구멍 깊이 삼키며/부서지고 할퀸 자국으로 맨땅에 있"다.

이 지점에 와서 "새"마저도 "꽃"으로 읽히는 것은 무엇일까? 향기와 아름다움을 대표하는 혹은 그렇게 이미지화한 "꽃"이 결국은 땅에 발을 묻고 있는, 붙박인 존재로서의 근원적 비애를 "새"로 대변하고 있는 것 같은 오독(誤讀)을 가능하게 한다.

"새"가 "명치끝 여닫는 캄캄함을 아"는 "추락해 본 사람"(「백련사 동백꽃」)으로 투사되었다면 "나팔꽃"은 "계속 멀어지던 맨발로/거친 세상에 나"온 자아, "한 방향의 눈과 귀가/가느다란 씨줄에 매여 있"는 이미지로 두드러진다. "나는 늘 당신의 웃음에서/꽃이라는 기쁨을 얻"는다는 말은 "꽃(나팔꽃)"이 앞에서 "웃음"을 짓는 "당신"을 보고, "꽃"으로 화한 "나"의 존재가 스스로 "기쁨을 얻"는다는 말이다. "당신"의 "기쁨"을 확보한 "덩굴손의 여정이/생기 가득한 새벽을 열"어 가고 있다.

"꽃으로 호명되는 당신"은 척박한 삶에 새 기운을 주고 많은 부분 새로운 삶의 방향을 제시한다. "꽃"이 "몸"으로 들어오는 일, "당신"이라는 "꽃"을 화자인 "나"의 인생에 영접하는 변화의 순간에도 시인은 과한 감격이나 과장

된 감정을 표출하지 않는다.

낡고 오래되어도
여름밤의 모닥불 같은 그리움이 있다

탁자 위에서
툇마루 위에서
성냥갑이 번쩍이는 소리
그림자보다 더 어두운 주머니 속에서도 봉합할
수 없는 불꽃

스침으로 타오르는 성냥불
세월이 덧씌워놓은 추억으로 가는
퇴행의 경계

타오르는 불꽃이다

거친 칼바람 속에서도
칠흑 같은 캄캄한 곳에
미명의 싹 트임 같은, 당신은 꽃

스쳐야 꽃이 핀다

– 「스쳐야 꽃이 핀다」 전문

"모닥불 같은 그리움"의 시간은 "성냥갑이 번쩍하는 소리"와 함께 켜진다. "세월이 덧씌워놓은 추억"을 살리는 옛사랑이라도 만난 것일까? 어두운 내면에 섬광처럼 "불빛"은 켜지고 "미명의 싹 트임 같은 당신"은 "꽃"으로 환하게 개화한다. 지칭하는 대상이 누구이며 어떤 시간대를 거슬러 어디로 가는지는 중요하지 않아 보인다. "스쳐야 꽃이 핀다"라고는 하지만 기실 그 어떤 '스침' 없이도 그는 너끈히 "꽃"을 피워낼 것만 같다. 이처럼 그것이 사물이든 사람이든지를 떠나서 세계를 살피고 인식하는 시인의 시선은 많은 부분 "꽃", 그리고 그것의 근본적인 속성인 "피는 일"에 경도되었다는 사실을 줄곧 확인할 뿐이다.

장미꽃을 먹는 채식 동물처럼
눈가에 햇살 조각을 그렁그렁 모아가며
할머니의 옛 그림자를 더듬어 봅니다

가시는 장미에게만 있는 것이 아니었습니다
소녀와 할머니의 꿈이 만나는
그곳에 장미는 피었습니다

－「몸으로 쓰는 혈서」 부분

　"위안부 할머니"를 소재로 하고 있는 이 시에서도 "꽃"은 언급된다. "장미"가 가진 "가시"만큼이나 뼈아픈 통증을 품고 살아온 할머니들의 "평생"에서 "장미"는 아프게 피어난다. 세월호에 희생되었던 순수한 영혼들의 "꽃망울 통증"(「매듭 푸는 씻김굿」)과 닮은 "꽃"의 비명이 들린다.

　양동률 시인의 시집에는 "꽃"이 지천이다.

　그는 그리움으로도 슬픔으로도, 통증으로도 "꽃"을 피워내는 시인임이 틀림없다. 그의 화원에는 "발끝에 그리움이 묶인 채 자라"(「수선화 구근」)는 주인장이 상주(常住)하고 있으니 온갖 향기와 "수런거리는 잎사귀"(「다랭이 논을 바라보며」), "오롯이 피어나는 꽃자리"(「공중을 뜨개질하는 거미」)가 무궁무진 만발할 것만 같다.

　식물의 생애에서 가장 정점의 순간에 해당하는 "꽃"을 노래하지만 전체적인 시의 느낌이 화려하거나 들떠 있지 않다. '개화'의 배면에 함유된 '낙화'의 법칙을 아는 자아이기 때문이다. "구름"이나 "새"와 같은 부유하는 사물과 닿아 있을 때도 예외가 아니다. 정제된 언어로 결 고운 서정을 끌어오면서 시의 주체인 "나"를 행간에 숨기는, 그래서 대상과의 거리를 탄력 있게 유지하고 있는 이 시집은

아름다운 "꽃"이 가득 피어 있는 화원과 같다. 그의 시가
향기로운 이유이다.